千葉
川柳作家
名鑑

千葉川柳作家名鑑 I

■

目次

千葉川柳作家名鑑Ⅰ

写経する私の中に父がいる

生き切った母がまだ居る泣き忘れ

骸は地中　魂は千の風

児を抱けば愛の形になる腕

家中の明るさ持って子が嫁ぐ

阿部けいこ

Abe Keiko

婿殿を鴨居がいつもお辞儀させ

一人抜け大きな蕪が抜けません

やんちゃしていいんだ君は柿若葉

ライオンも園舎生まれの都会っ子

僕らのらから卒業のさざれ石

助詞二つ抱えたままに煮るおでん

女子会のランチにだって政治論

シネマからブラッドピット連れ帰る

ヒョウ柄を着れば無敵になれますか

シャルウィダンス右脳左脳をショートさせ

でこぼこの道で拾ってきた穿ち

ふるさとへ希望の卵産みに行く

競い合う旗へ眠れぬ月うさぎ

クロネコも飛脚もやがて空を飛ぶ

地球を歩く心配性の靴をはき

大海の激痛ほろほろと　鱗

一人っていいネ独りは寂しいね

どう生きる問うて南瓜の真っ二つ

シンメトリー揺れ神様とすれ違う

小夜時雨見えないものが見えてくる

遠い日の明日またネが消えた夏

魂を黒い戦車が捨てて行く

さわやかに腕組む君の非戦論

星月夜詩を詠む果てにある戦禍

つまずいて明日の風にハグされる

水田の風よ我が子の街へ吹け
一期一会まずは己の身を清め
同じことまた言ってるとまた言われ
ゼンマイを巻いて時代の隅にいる
新聞で折った兜の主である

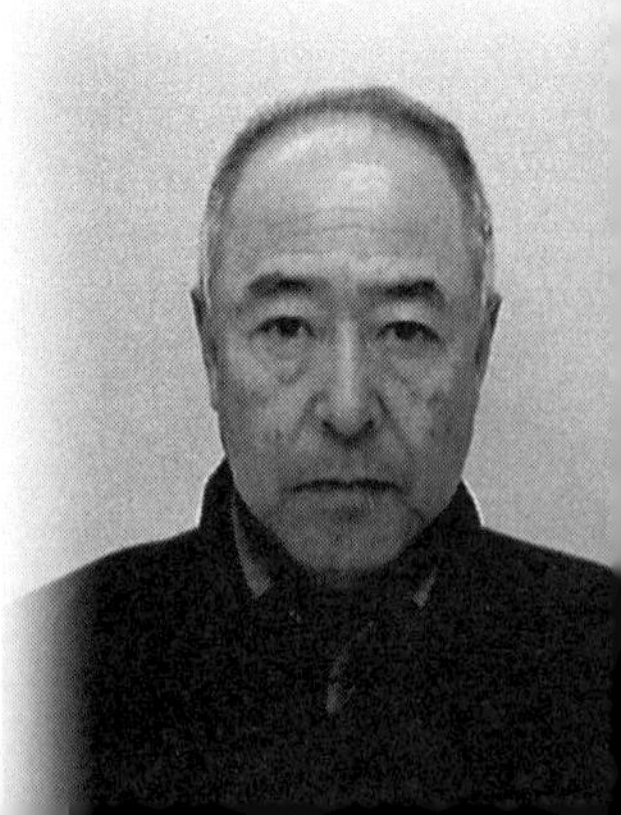

五十嵐幸夢
Igarashi Koumu

平穏な日々が至宝と気付かない

奥さんは如何ですかと庭の花

折鶴が無駄な祈りのはずがない

病窓へ軽いメールが身に沁みる

今までの償いだろう家事介護

日常を丸ごと包む病垂

君のいない朝は寒さで目が覚める

帯を解くように咲くべし花菖蒲

寒椿そう簡単に散るでない

雪解けの風を待ってる水芭蕉

再審も落ちた蕾は開かない

ミサイルの中に詰めたい花の種

腐葉土へと役目が続く濡れ落ち葉

真打が座っただけで江戸になる

人の業弥勒の指を嘆かせる

啓蟄に草間彌生で闊歩する

横たわる蜂よお前も過労死か

許し合う形が欲しい着地点

車座に失敗談が良く似合う

向こう疵ばかりを増やす身の不徳

小面にいつも本音を見抜かれる

花売りの老婆に母の影を見る

転び過ぎた男が着いた無人駅

乾いた夜マイルスデイビスの夜

一行詩初心を胸に刻ませる

聞いて欲しい愚痴に説教聞かされる
頼むのは苦手頼まれるのが楽
知らないと言えて知ること増えてきた
怠惰です時間にいつも罪被せ
約束をたがえてからは会い難い

犬塚　博

Inuzuka Hiroshi

褒めるとき小さなウソを混ぜている

仏壇へさすがに嘘は言いにくい

反論が寝床についてから浮かぶ

忘れたいことが頭にこびりつく

期限に追われて充実感に酔う

美人には甘い一生なおらない

胸元が揺れて心が揺れて夏

親の老い見てはいけないものを見た

猫よりも猫背になった母がいた

親の老い背負って実家あとにする

振り向けば一人もいない旗を振る

決め球を持ってピンチの顔をする

熱弁の熱が上がると醒めてくる

指揮棒に添わない音を響かせる

結婚指輪首輪とセットだったとは

誕生日忘れて妻へ脂汗

怒らせた妻をなだめる策がない

夫婦喧嘩タマに仲立ち役頼む

お互いがサプリのように老夫婦

この歳は脳の切れより尿のキレ

犬塚　博川柳抄

薬はどれにしますかと医者が訊く

病室で病人らしくなっていく

同病の患者とすぐに打ち解ける

退院が決まると周り素っ気ない

ここまで生きて少し黄ばんだ程度です

年齢を問われ開脚してみせる

夫流みそ汁が出る定年後

パソコン通を歓迎と趣味の会

元カレを待たせていますケアホーム

サプリゴクゴク死ぬことを忘れてる

岩田康子

Iwata Yasuko

忙しいと言うたび枯れていく心

一陣の風しきたりをなぎ倒す

不惑あたりに乱丁の跡がある

いつも尻尾を見せていたかくれんぼ

生きがいは驚くことと小さく言う

お相手は同性ですが披露宴
クレヨンからとうに肌色消えていた
その道の達人オタクから生まれ
思いやりかも心の偏差値とは
イマジンが聴こえる愛し合ってるか

電飾に誘われ冬がやって来る

狂わせてご機嫌ようと花筏

柴刈りも洗濯もして長寿村

バンジージャンプ女は度胸見せつける

ある朝のザムザは私かも知れぬ

母の日に愛した分が返される

これが身内かバラバラすぎる個性

よく透ける裏でわたしを隠せない

今朝もハミング隣から青い鳥

カレーが匂う陽だまりの中にいる

スマホ依存に萎えてゆく咀嚼力

考える葦で終えたいエンディング

終章は「モモ」の時間と戯れる

ジグソーの未完たのしむ好奇心

おっはーと白いページが動きだす

氷山の身投げが続く温暖化

趣味の画が饒舌にする白い壁

酒飲みの家系を守る律儀者

雪解けを背伸びして待つハイヒール

食欲をそそる疑似餌のフラダンス

川名信政

Kawana Nobumasa

青い鳥求め我が家に辿り着く

就職難大学院へ疎開する

代々の笑顔受け継ぐ雛飾り

転びそうでも転ばない千鳥足

聞かざると決めてうっかり耳掃除

故郷へ心の鍵を開けに行く

妻を描くちょっぴり鼻を高くする

草食に変えて野心を黙らせる

弱い処あって人間好きになる

核のない世界を目指す亀の足

蝉の羽化白を世俗の色に変え

寒村の棚田が継いだ父祖の汗

忠敬の足跡が描く日本地図

一人っ子一足す一を一にする

お互いが音量上げる遠い耳

悔しさを落ちる涙に語らせる

必然の結果に悔いる血糖値

吹く笛に踊ってみせる処世術

三十一文字　思いの丈の恋ごころ

ニイハオと言う蒲焼は食べません

種切れの無い晩学の好奇心

被弾した壁に絵を描くバンクシー

温暖化を怒る大地の唸り声

仲見世を歩くスピードラーニング

落語にもスタッカートとピアニシモ

横顔を見ていただけの夏花火

旅立つ日君の混ざった雨が降る

あなたとの蝶々結びのような恋

雨だから逢うも逢わぬも雨だから

今月も赤い金魚が暴れだす

川原田美奈

Kawarada Mina

メルカリで猫の手を買う十二月

怒らないママをサンタにリクエスト

新しい消火器で消す嫉妬心

ビリビリと伝わる金網の呼吸

何度も読み返して確かめる終わり

恋をした配水管のセレナーデ

ザクロの割れ目から飛び出す葛藤

天の川心変わりは許さない

真実にいいねが付くと嘘になる

網目から逃走プランクトンの涙

激しさを秘め穏やかな逆さ富士

入り口を探し当てたらダムでした

プライドを装うために嘘ひとつ

いばら道引き返せない恋心

右耳があなたの声を聞き分ける

あの夏に戻って恋を終わらせる

全部捨てたら春風になれますか

コピーする度に色褪せる人生

君とだと楽しいという罪深さ

深さ競い合う地下鉄の傷痕

メールより声が聞きたい旅の夜

そして新たな束縛を着る四月

よく眠る特技を持ったお嬢様

銀杏の木そうねあなたは敵じゃない

砂浜に約束事の箇条書き

寒風に心残して早春譜

ジェラシーの桜並木につむじ風

野にすみれ健気な恋のビブラート

みどり児の乳の匂いに柿若葉

散水のキャベツ畑に虹が立ち

小林きらら

Kobayashi Kirara

あの日から恋をしてますかんな燃ゆ

罪深き人待ち顔のユリの花

まだまだともうの共存紅をひく

口数の減らぬ女の独り言

厄介な女土足の語尾を吐く

感情線いちょう並木の葉擦れ音

白杖の歩み金木犀が止め

人恋し怪しく揺れる枯れ尾花

晩秋に誰を待つのかなななかまど

赤トンボ群れにはぐれて古ベンチ

裸木にカラス二羽来て見得を切り

見え透いた嘘を聞いてる冬の月

霜柱恋わずらいの靴の音

負け犬の遠吠えを聞く冬木立

忘れられ意地を張ってる葱坊主

新月に胸のつかえを打ち明ける

なまめいて恋の予感の星月夜

ライバルの挫折聴いてる腹の虫

残照に掻き立てられる嫉妬心

郷愁の土の匂いと雨の音

余生とな睨みの利かぬ日向ぼこ

オレオレの進化へ老いの立ち眩み

終生を詩人でいたいあばら骨

妥協案水の流れに逆らわず

ハッシュタグつけて恋人募集中

人間を仏にさせている加齢

背を丸め握るスマホを探してる

ときめいていま老春の中にいる

力なく笑いどなたと問う老母

老い一人豆をまく日の鬼も内

齊藤大柳

Saito Dairyu

紙本が電子の波に溺れそう

まあまあのマー君にある帰巣性

日陰だが蕾の内を謳歌する

辛口の薬が効いて千鳥足

日本食まずは器の味を見る

包丁と器で見せる和の心

物忘れ癖と病気は紙一重

あてもなく秤にかける義理とチョコ

襟足の香り振りまく春の風

爺一人女系の隅でもてなされ

愛してるなんてようやく言った冬

旅立ちに寒くないかとそっと言い

温もりをずっと感じていたい夜

お開きの頃に始まる長話

春雷に臍を隠して孤独なり

原発も津波も憎いわけじゃない
バカ陽気のせいでサクラはバカ笑い
復興の隙間を狙う大ナマズ
シナ海を大きい国が狭くする
記念樹も大きくなれば嫌われる

牡丹餅に入れ歯盗られて騒ぎたて

親の歳生きて夕陽へ頭垂れ

自粛する部屋へ切り撮る花の枝

コンビニで弁当一つ温める

蟻老いて汗したころを褒めてやる

戦場へ平和の鶴よ飛んでゆけ
銃を置き学舎で打つキーボード
大戦の悲惨学ばぬ独裁者
爺婆も戦争知らぬ世代入り
ラジオからジャズが流れる戦後すぐ

坂部忠昭
Sakabe Tadaaki

人間を熊が監視の里の山

誰のせい熊も驚く沸騰化

沸騰化オイラじゃないよ熊の弁

徘徊の知恵熊なりの処世術

同じ熊テディベアにもなれたのに

くまモンへ肖像権を糺す熊

ヨギベアがクマゴローとの呼び名持ち

体つき太っ腹だが大雑把

成るように成るから瑣末四捨五入

それなりの者が肩組む同期会

諸先輩明日の我が身を見せてくれ

美しく老えぬ感謝の倍返し

親のつけ呑み込み払う殊勝の子

借金へ座礁しそうな日本丸

どの人も叩けばほこり舞い上がる

隠す程ネットが尾ひれつけてくれ

シワとシワ深さが違う老い二人

過疎を売り人引きつける過疎の村

老いを売り仲間増やそう老いの趣味

数の子とバナナ高嶺を回顧する

モンローの歩くリズムにキャッチされ

野球史の波乱万丈スタルヒン

西鉄の神と仏の稲尾さま

スタルヒン稲尾を継ぐオオタニサン

銀行の合併前の名が出ない

転勤を繰り返しては郷に入り
転校生トップとビリは避ける知恵
父の背を川幅にして子が渡る
志望校絵馬が背伸びを頼まれる
卒業と就職祝いかねた宴

笹島一江

Sasajima Kazue

親からの借りは貰った気にもなり

好ましい裏切りもある子の育ち

父さんの会社が家に越してきた

テレワーク行って来ますと別の部屋

退職金内助をかざし真半分

最高の内助元気でいてあげる

生き甲斐の本にも飽きた定年後

ベストセラー時代とうまく呼吸する

職退いて久し人脈年を取り

年金は即医療費にスルーする

春闘の仕様もなくて年金者

回覧が長旅をする高齢化

町会の役は終身刑に似て

適量で別れる酒を知っている

お開きにするには惜しい顔が寄り

どの辞書も忖度の字に日が当たり

法律に血が通わない国と知り

握手より指切り迫る有権者

一票へ世直しの夢まだ捨てず

コロナ禍も根っこは地球温暖化

決断が年を重ねる免許証

人類に不治の病となる戦

人類に安全保障せぬ地球

人生の大穴それは夫です

添い遂げる心の色が似た人と

十代が将棋と五輪夢をくれ
貧しくも健康長寿親の恩
マイナスの金利にタンス太り出し
米国よ銃より楽器持ち給え
「加齢です」効かぬ薬を医者は出し

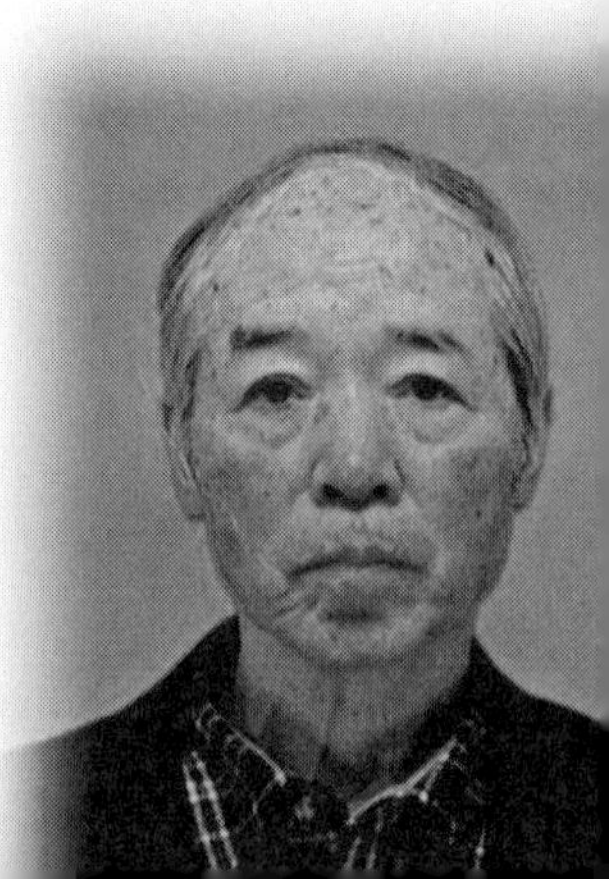

佐竹明吟

Satake Meigin

遺言は家族に託すラブレター

婚活をせずにロボット買う息子

人生《LIFE》にもし《IF》が有るから面白い

折鶴を核廃絶の野に放つ

せっかちをスローライフが癒してる

価値観が近い友との半世紀

逃れたい怖い世の中メタバース

冗舌の妻に毛ガニを食べさせる

口車に乗りヘソクリをついポロリ

同窓会誰が生徒か先生か

子の夢がユーチューバーという時代

戦争に正義不正義有るものか

花火師の出番に耐えてきた火薬

耳歯目と悪くなる老い押し寄せる

百歳になり友達がいなくなり

無人島にころがっている歎異抄

傘寿くる傘の中には君と僕

憧れの一夫多妻に妻の許可

聞く耳をもたぬ夫が卯歳

吉の出る神社に紙のお賽銭

矢の如く過ぎる歳月老いの虹

吹く風に逆らってきた人が好き

グローバル詐欺の指示くる億の金

ババ抜きに祖母を呼べない嫁の顔

聞き上手自分の事は話さない

手を見てもどうにもならぬ物価高
無批判に右に倣えとなる怖さ
ジェンダーも天賦人権説の内
原発はゾンビのように金も喰い
原発も基地もいらない未来地図

佐藤権兵衛
Sato Gonbe

基地を置くわが祖国にはない安堵

秘密保護なにが秘密かも秘密

軍隊を持たず平和なコスタリカ

子育てはみんなでしてたコミュニティー

核兵器の駄目は勿論当り前

「安保三文書」で戦争参加急き立てる

九条をぐっと抱きしめ初日の出

軍拡より九条こそが抑止力

九条がくれた平和の灯を点す

派閥では殿の乱心防げない

ウクライナへの侵略は駄目やめなさい

プーチンは悲しからずや独裁者

アメリカにハイハイハイと逆らわず

アメリカのわがまま気まま目に余る

「戦わず」にアセアンの道宝物

飾らずに伝えてほしいフクシマを

スイーツでお茶する至福医者とがめ

オキナワにせめてカンパを送ります

仮想敵つくり儲ける太い奴

脱炭素化冗談ぬきにやばい国

平和願ううた詠むくらしノーウォー

戦争への扉をたたく改憲派

不条理をごり押ししてる多数決

忖度は大事だけれど黒は黒

断捨離にゆとりある日々慈しむ

忘れ水

抽象と具象のはざま舟をだす
言霊のからみつく夜の半夏生
偲び草よすがの綾を解きほどく
むすびめに命の訳を問うのです
忘れ水みえかくれして流れつく

柴垣　一

Shibagaki Ninomae

おき去りの記憶を辿り海にでる

裏側は明かすことなく月欠ける

遠ざかる影のぼかしよ寒かろう

四季めぐる露華はかなくも咲いて　白

もしや夢あるいはうつろ無の静寂

指紋

座標から零れた午後の千切れ雲
しがらみを抜けた真水を取りもどす
戯れに薔薇も蚯蚓も宙に舞う
ひたひたと逃げる夕日を浴びている
泡沫の爆ぜた欠片を手にすくう

レーダーにうつらぬ影に真を問う

新月のわすれ形見よ鳴き砂よ

星いずれ光の糸を吐くのです

終章のないシナリオを編むのです

余白には指紋を消した雪が降る

ZONE／B

戦争をすてた国ではダメですか

幽谷を舐めて狭霧のうす笑い

毟られて死線に白き鳩一羽

ストローをさして群がる蒼い星

自爆したはずのカラスが湧いて出る

孵化をまつピータン眠る核の沼

新月の石榴そろって横歩き

鋭角の消滅点に鎌鼬

上げ底の棺をかつぐ消えた脚

そっとしておいてください床の穴

火をぐり女は時に夜叉になる

山猫のまなじりあれは女だな

抱卵のかたち女は丸く寝る

おんな千年十二単が重すぎる

女逝きてらっきょう漬けの瓶ひとつ

鈴木和枝

Suzuki Kazue

ウイスキー・ボンボンほどの恨み言

鉛筆の先よ折れるか闘うか

寂しさに負けたカラスのばかったれ

野良牛の哀しやモウとしか鳴けぬ

転ぶとき必ず拾う握り飯

春うらら花は地蔵の顔になる

胎内に戻ればできる逆上がり

かあちゃんが死んだ僕は不良だった

かあさんは桜になった樹木葬

茜さす母は夕陽の真ん中に

ウルトラマンの孤独を誰か知っているか

一本の葦で群生などしない

梅の木に梅を生らせてまだ不満

尖っていては魂になれませぬ

千年の桜は死者を眠らせる

満月に神神しくも轢死体
罪無くて魚は塩を詰められる
死ぬほどの事はなかろう常夜灯
生き生きて死に死に果つる曼珠沙華
満天の星あり死者を横たえて

老いていく悲しみ死んでいく条理

かくれんぼ鬼解かれざるまま　ひとり

四季巡りカラス阿呆と鳴くばかり

花びらがひらひらここはまだこの世

星月夜この世は全て事も無し

元気でね長生きしてねあれ買って

古希すぎてまだ消え残る蒙古斑

キャバクラのレシート浮いた洗濯機

税関に笑われちゃったロラックス

うっせぇわパリでワインのメール来る

高橋千馬

Takahashi Senba

毒だってでっかい方を取っちまう

君たちはどう生きるかは飯の後

やり直せとＡＴＭに叱られる

貧しくはないが何故だか金は無い

エンマ様まだ残業があるのです

一日だけ老人になる敬老日

生きてるぞと雨戸に言わす朝の音

単線の彼方に恋の忘れ物

クラス会今が幸せだから行く

トワエモアが座ってそうな郷の海

春立ちて里には里の光あり

地魚と地酒に溶ける帰省の夜

故郷の風につつまれ子に戻る

ただ今も言わぬ涙を抱きしめる

母からの毛糸腹巻古希祝い

0点も笑い飛ばしてくれた母

ゆりかごは働く母の円い背

帰省待つ入り切らない冷蔵庫

寝たきりの母に三つ編み朱のリボン

昭和の右折雪の二月の三宅坂

搾れば朱色か沖縄砂糖黍

キャタピラの後に靴くつクツリボン

大地の子が見つめる南流れ星

祝日にせんか八月十五日

Ｇ７雨の黒さをご存じか

青春の汗があるから今を生き
キラキラの一つを磨き突き進む
食べることと生きる根っこを太くする
夢は夢追いかけていることがいい
青空を仰ぎ無限を手に入れる

名雪凛々

Nayuki Rinrin

夢いっぱいリュックも重い始発駅

少年の夢はいつでも無限大

オーイ雲ふんわり旅へ出る心

失敗もバネに明るくしなやかに

遠い日の私に出会う遠花火

長髪が変えた甲子園の風よ

全力でぶつかる子らを褒めてやり

子育てを生かし余裕の孫育て

夏本番子等の日焼けが逞しい

語り継ぐ空しさもある終戦日

人間のゆとりが顔に出る老後

お互いを労り夫婦睦まじい

断捨離の出来ぬ居場所が心地良い

終活へ心を砕く整理術

変化ない日々へ平和な老い二人

潮騒を聞いてヒマワリ良く育ち

薫風へ心澄まして立つ岬

日本の行方へ心砕く日々

太陽のパワーをチャージ朝散歩

道草もいい野花にも語りかけ

人生の最期　大海原浮かび

洋々と夢が広がる里の海

犬吠へ立ち灯台を仰ぎ見る

弱点を見せて人間らしく生き

丁寧に生きて人生褒められる

スマホ切る私が世界から消える
パスワード忘れて否定される自己
たくさんのイイねが僕の価値を上げ
ゴミ箱が保存している捨てた過去
パソコンの中に夕焼けありますか

日野裕子
Hino Yuko

山と川それで済んでたパスワード

責任は誰も取らない多数決

鏡より言葉を信じ買った服

大掃除やっと日の目を見る埃

キャッシュレスもう竹藪に無いロマン

ハードディスクよりも寿命の長い紙

忘れてた自分に出逢う大掃除

教養の代わりに開くウィキペディア

広重に見せたくはない日本橋

我が家では与えられない黙秘権

願い事ゴミに祈っていた夜空

十五夜に値上がりしてる月旅行

小銭から愛へ昇格させる寄付

思い出も一緒に買った中古品

永遠に貧しいままにさせる欲

報道が終わると消えていく批判

復興へ最初の瓦礫運び出し

教科書に勝者の筆が書く歴史

取り替えのきく人材という部品

人間の星と人間だけで決め

銃口の内側にだけある平和

進化した猿の手にある核ボタン

核を持つだって私は弱いから

反戦へ世界をつなぐハッシュタグ

花火師が火薬で作るのは笑顔

銀杏が季節のページ開けにくる
夢を買いボクのポッケが空になる
欲望の欠片を抱いて途中下車
なな節の擬態に生きる知恵を借り
癒やし系言えば四角も丸くなり

藤井敏江

Fujii Toshie

波立ちもなく暮れてゆく金魚鉢

言い切った少年の語が澄んでいる

勇気ある一語だ汗をかいている

常識の器の中で呼吸する

黙りに妬心を包む生乾き

シャキシャキと分別もなくリンゴ食む

お互いの意地風通し悪くする

逃げていく若さ化粧が追っていく

気晴らしの旅何もかも浄化する

父という浮き輪を捜す荒れた海

ふんぎりがつかず蛇口を確かめる

穏やかに向き合う面をこしらえる

折り紙に指先が生む小宇宙

人間を咀嚼できたら灰になる

俎板の鯉生きざまを跳ねてみせ

凡庸に生きる難問かも知れぬ
もがくまい昭和の顔で生きていく
誠実を誇りに生きた土踏まず
生きるため昨日の影を切り離す
寄り添って確かな余生編みあげる

ご破算の匂いをさせる君の語尾

一つ屋根無言の風に責められる

硝煙にむせて鳴動する地球

執着の形であろう山ぶどう

一塊の土と因果の四季を織る

令和の風いっぱい孕む鯉のぼり

顔上げて男の色気取り戻す

自分史に少し付け足す艶ばなし

酔わせたい彼女の前で酔いつぶれ

褒められてまた立たされる台所

矢嶋もと之

Yajima Motoyuki

パレスとかキャッスルというワンルーム

裏口も卒業式は胸を張る

腰蓑の妻のダンスへ下を向く

来客へ過ぎたる妻を演じきる

珍しや妻のお酌に身構える

次の世は別の男がいいらしい

万引きと間違えられるマイバッグ

老人会古希は若いとこき使う

古希を過ぎ歳は他人の目に任す

アナログの脳は叩いてオンになる

錆びた脳損得だけは良くはじく

偽メールへ注意喚起の偽メール

好きですと書いたメールを誤送信

オミクロンへ青龍刀を振り回す

聞く耳を無くし裸の王になる

黄昏れてオールディーズにまた嵌る

断捨離をさせぬ目の合うお人形

遺伝子がいじられ狂う進化論

目を閉じて点字ブロック踏んでみる

外付けのメモリー欲しい錆びた脳

忘れぬよう記憶の海へハッシュタグ

知る人のいない古里ただ歩く

飾りなど要らぬ素顔の君が好き

母の星ポッケに入れて温まる

欠点があるから僕はヒトである

防水加工してご機嫌なとろろ
蟻を踏んだ罪でとろろ逮捕され
四月一日にとろろは月へ行く
これが叙情的とろろの一部です
とろろの72%は嘘

山上真悠子
Yamakami Mayuko

愛嘘戦争世界三大栄養素

聖母でしょうか　いいえ握り飯です

トイレ流します　かろうじてにんげん

おやあなたロボットですか僕もです

エタノールの中　王政復古せり

泥棒に貰った花が美しい

壊す為ひとりジェンガを積みますの

昨日棄てた筈のアンタがころりん

おいしゅうございますと呑み干す煮え湯

雨が降る　花が綻ぶ　君が逝く

パンを焼いてジャムを塗って遺書を書く

死刑囚となる　生まれた罰である

屠殺場も告解室も土塗れ

墓地がある　歓楽街にきっとある

両性具有となる　齢九十九

発芽玄米的人類の夜明け

バッキンガム的ですね、貴方の爪

僧帽筋を大陸と認めます

ヘイ盲腸ガラパゴス化しちゃいなよ

はるかぜに　すぷうとにく　と　ういていく

本のない本屋に僕が落ちている

責任だろうが。褌も句点も。

最後まで言わせて欲しい「下六です」

ハロー・アゲイン　俺はゆっくり俺になる

12月32日、平和降る

千葉川柳作家名鑑Ⅰ

阿部けいこ（あべ・けいこ）
八千代市在住。平成20年に遠藤砂都市氏の川柳講座を受講。村上川柳会を経て千葉北川柳会で福田岩男氏、わかしお川柳会・Uの会で津田暹氏に学ぶ。犬吠黒潮会員・編集委員。

五十嵐幸夢（いがらし・こうむ）
本名・幸男。75歳。定年を機に外房いすみ市に移住。12年前、交通事故での骨折療養中に川柳と出会い、生来欠落している詩才とユーモアのセンスを補うべく日々苦闘中。

犬塚　博（いぬづか・ひろし）
昭和18年4月、横浜生まれ。川柳は従兄の犬塚こうすけ氏に誘われ10年以上経つ。ようやく最近面白さが分かってきた。東京みなと番傘川柳会同人。川柳さくら会員。佐倉市在住。

岩田康子（いわた・やすこ）
愛知県生まれ、流山市在住。ＮＨＫ川柳講座を経て、流山川柳講座（講師・今川乱魚氏）。その後北九州市へ転居、小倉番傘川柳会に所属。現在、東葛川柳会幹事・川柳研究社会員。

川名信政（かわな・のぶまさ）
松戸市在住。市の川柳講座を受講し、川柳の道に入る。東葛川柳会、川柳新潮社、足立川柳会の各吟社に参加。他方川柳あいの会、川柳けやきの会の勉強会を運営し、今に至る。

川原田美奈（かわらだ・みな）
１９６８年生まれ。八千代市在住。「犬吠」黒潮会員。「ぬかる道」「触光」各会員。

小林きらら（こばやし・きらら）
《かさこそと枯葉の走る遊歩道》散歩と好奇心こそが生きる妙薬、私をワクワク、時に詩人にしてくれる。八千代市在住。川柳新潮社同人。

齊藤大柳（さいとう・だいりゅう）
本名・齊藤冨士男。野田市在住。著書に「ひびき」（柳号：斉藤ふじお）、「ひびきⅡ」「ひびきⅢ」「令和川柳選書　コロナ禍の中で」（柳号：齊藤大柳）。

坂部忠昭（さかべ・ただあき）
千葉県松戸市在住。松戸川柳会副会長、編集長。千葉県川柳作家連盟副会長、編集者。

笹島一江（ささじま・かずえ）
松戸市在住。９９９川柳会（故・今川乱魚氏）。川千家川柳会。東葛川柳会。かれこれ柳歴30年ということで、記念にとこの企画に乗せて頂くことになりました。

著者プロフィール

佐竹明吟（さたけ・めいぎん）
柏市生涯学習指導員、千葉県川柳作家連盟理事。平成12年に柏の高校開放講座で学び、川柳会新樹、ほのぼの、東葛、つかだを経て、現在、高田馬場と柏で講師。ジュニア指導も。台湾川柳会会員。

佐藤権兵衛（さとう・ごんべえ）
昭和7年、福島県生まれ。本名・誠司。敗戦後、新憲法が出き軍国少年は民主主義者に。川柳会双葉、東葛川柳会、川柳マガジンで川柳を学ぶ。日本国憲法を愛し、趣味は碁、釣りなど。

柴垣　一（しばがき・にのまえ）
本名・柴垣衞一。昭和18年東京池袋生まれ。26歳から50年間、東京で建設設計事務所主宰。現住所、千葉県。わかしお川柳会会長。共著に「精鋭作家川柳選集 関東編」。

鈴木和枝（すずき・かずえ）
袖ヶ浦市在住。番傘川柳本社同人。川柳葦群誌友。「犬吠」自選会員。わかしお川柳会所属。「Uの会」参加。袖ヶ浦川柳会会長。平成29年より作句開始。川柳マガジン「新鋭川柳」卒業。

高橋千馬（たかはし・せんば）
昭和20年、高崎市出身。千葉市在住。平成29年千葉北川柳会入会、福田岩男氏に学ぶ。その後、津田暹氏の「Uの会」に学び、わかしお川柳会のハイレベルにもまれる。軽みが好み。

名雪凛々（なゆき・りんりん）
昭和24年、銚子生まれ。平成13年、銚子川柳会会長。平成16～24年、銚子発「いわし川柳全国誌上大会」主催。'15全日本川柳千葉大会実行副委員長。令和5年、千葉県川柳作家連盟会長。

日野裕子（ひの・ゆうこ）
昭和50年生まれ。からたち川柳会所属。故・大堀貴美雄さんに誘われ平成13年頃から3年程川柳をやり、仕事の都合で20年ほどご無沙汰したのち令和2年から再開。落語と花火が大好き。

藤井敏江（ふじい・としえ）
千葉市生まれ。楽しい川柳会を経て、わかしお川柳会に入会（柴垣一会長）、Uの会（津田暹講師）、印象吟句会「銀河」（島田駱舟主宰）、「犬吠」（黒潮会員）。

矢嶋もと之（やじま・もとゆき）
昭和22年八戸市生まれ、小樽市育ち。平成26年、うらやす川柳会に入会。現在、川柳新潮社主幹、松戸川柳会、東葛川柳会、小樽川柳社各同人。浦安市在住。

山上真悠子（やまかみ・まゆこ）
袖ヶ浦市在住。令和3年10月より作句開始。犬吠自選会員。わかしお川柳会所属。母と小6の息子と親子3代の川柳生活を楽しんでいる。型にはまらない新しい川柳を模索中。

千葉川柳作家名鑑 I
○
2024年 3 月13日　初　版
編　者
川柳マガジン編集部
発行人
松　岡　恭　子
発行所
新 葉 館 出 版
大阪市東成区玉津1丁目9-16 4F　〒537-0023
TEL06-4259-3777㈹　FAX06-4259-3888
https://shinyokan.jp/
印刷所
第一印刷企画
○
定価はカバーに表示してあります。

ISBN978-4-8237-1097-1